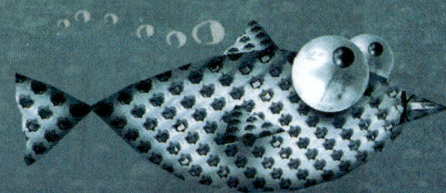

Para Franco, recién en la orilla.

Pablo Bernasconi

2017 by Syncretic Press, LLC — First U.S. edition in Spanish
Hipo no nada / by Pablo Bernasconi
ISBN: 978-1-946071-08-8
www.syncreticpress.com

© 2007 by La Brujita de Papel S.A.
© Pablo Bernasconi
Text and illustrations by Pablo Bernasconi
First published in Argentina in 2007 by La Brujita de Papel S.A.

All rights reserved. No part of this book may be used or reproduced by any means, graphic, electronic, or mechanical, including photocopying, recording, taping or by any information storage retrieval system without the written permission of the publisher.

Printed in China

HIPO NO NADA

PABLO BERNASCONI

Syncretic Press

AUNQUE DICE QUE SE ABURRE VIENDO FLOTAR A SU FAMILIA TODO EL DÍA COMO TRONCOS.
—¿QUÉ LE VEN DE DIVERTIDO? —PREGUNTA SEQUITO DESDE LA ORILLA.
—¡TIRATE AL AGUA, TE VA A ENCANTAR!
PERO ÉL NUNCA SE ANIMA.

UN DÍA DE MUCHO CALOR, A HIPO SE LE OCURRE SALIR A INVESTIGAR QUÉ HAY MÁS ALLÁ DE SU LAGUNA ABURRIDA.

PRIMERO SE ENCUENTRA CON UN GRUPO DE CONEJOS SALTANDO A LA SOGA MUY DIVERTIDOS.
ARRIBA, ABAJO, ARRIBA, ABAJO.
–¡GUAU! ¡ESTO ME GUSTA, QUIERO PROBAR!

PERO CUANDO INTENTA SALTAR, NO PUEDE DESPEGARSE NI UN POQUITO DEL SUELO.
—¡QUÉ RARO —DICE EL CONEJO—, SI ES TAN FÁCIL! ¡PROBÁ DE NUEVO!
—¡NO PUEDO SALTAR! —DICE HIPO MUY TRISTE.
—NO IMPORTA, LOS CONEJOS NO PODEMOS NADAR, ¡Y LOS HIPOPÓTAMOS SÍ!

DESPUÉS SE ENCUENTRA CON UN ÁRBOL LLENO DE PAJARITOS PIANDO.
-¡QUÉ ALTO! ¿CÓMO SERÁ VER EL MUNDO DESDE ALLÍ?
-¡QUIERO SUBIR! -LES DICE DESDE ABAJO-. PERMISO, PERMISO.

PERO NINGUNA RAMA, POR MÁS GRUESA QUE SEA, AGUANTA SU PESO, Y TERMINA EN EL PISO JUNTO CON TODOS LOS PAJARITOS, QUE LO INSULTAN CON VOZ FINITA.
-¡SOY ENORME! ¡NO PUEDO!
-NO IMPORTA, LOS PAJARITOS NO PODEMOS NADAR, ¡Y LOS HIPOPÓTAMOS SÍ!

ENTONCES SE LE ACERCA UN MONITO, QUE LO VE SOLO Y AFLIGIDO.
-¿QUÉ TE PASA? -LE PREGUNTA.
-ESTOY TAN ABURRIDO, Y NO PUEDO JUGAR CON NADIE, ¡SOY MUY GRANDOTE!
-VENÍ CON NOSOTROS -LE DICE EL MONITO-, SOMOS CHIQUITOS PERO MUCHOS.

PERO NI UNO, NI DOS, NI SIETE MONOS SON CAPACES DE MOVER EL SUBE Y BAJA.
—¡SOY MUY PESADO PARA JUGAR CON USTEDES! ¡NO PUEDO!
—NO IMPORTA, LOS MONITOS NO PODEMOS NADAR, ¡Y LOS HIPOPÓTAMOS SÍ!

DE PRONTO SE ENCUENTRA CON UN AGUJERO EN EL SUELO, GOLPEA FUERTE DOS VECES Y DE ALLÍ SALE UN TEJÓN NEGRO, CON OJOS REDONDOS Y ASUSTADOS.
-¿PUEDO ENTRAR A TU CASA? ¿CÓMO ES POR DENTRO?
-NNNNO, MEJOR NO, LE DICE EL TEJÓN, PERO HIPO YA SE ESTÁ METIENDO.

—UHMMMF, QUÉ APRETADO ES ESTO, NO ENTIENDO CÓMO HACEN PARA VIVIR AQUÍ —COMENTA EXTRAÑADO HIPO.
LOS TEJONES APRETUJADOS APENAS PUEDEN HABLAR.
—¡ESTO ES MUY INCÓMODO! YO SOY ENORME Y NO PUEDO JUGAR AQUÍ. ¡NO PUEDO!
—NO IMPORTA, LOS TEJONES NO SABEMOS NADAR ¡Y LOS HIPOPÓTAMOS SÍ!

"QUIZÁ LOS ANIMALES GORDOS COMO YO NO PUEDAN DIVERTIRSE. AUNQUE LOS DEMÁS HIPOPÓTAMOS LA PASAN GENIAL FLOTANDO TODO EL DÍA COMO TRONCOS.
¿O SERÁ MÁS DIVERTIDO DE LO QUE PARECE? LA LAGUNA ME DA MIEDO, PERO ¡LOS HIPOPÓTAMOS PUEDEN NADAR! ¡Y YO SOY UN HIPOPÓTAMO!"

HIPO MIRA EL AGUA DESCONFIADO Y TOMANDO AIRE, MEZCLADO CON VALOR, SE TIRA DE CABEZA.

TOING, TOING, TOING.
"¿QUÉ PASA? -PIENSA HIPO SORPRENDIDO-. ¡NO ME AHOGO! ¡ES FANTÁSTICO! ¡SOY TAN LIVIANO COMO EL MONITO, PUEDO VOLAR COMO LOS PAJARITOS, SALTAR COMO LOS CONEJOS Y TENGO TODO ESTE LUGAR PARA MÍ".

DESDE ESE DÍA HIPO CASI NO SALE DE LA LAGUNA DONDE JUEGA TODO EL DÍA CON SUS HERMANOS.